Ach! Was für eine schöne Mauer!

Ach! Was für eine schöne Mauer!

Claude Lelong

Mentions légales

© 2021 Claude LELONG

Édition : BoD – Books on Demand,

12/14 rond-point des Champs-Élysées, 75008 Paris

Impression : BoD - Books on Demand,

Norderstedt, Allemagne

Illustration :

Peter, Leibing (1961). « Hans Conrad Schumann, soldat de la RDA passe en RFA juste avant la construction du mur de Berlin en août 1961.» [photographie], dans https://art21.fr/la-photo-berlinoise-emblematique/

Jean–Jacques Sempé (2009). « L'ORQUESTRA » [dessin], dans http://ferranbardolet.blogspot.com/2009/06/lorquestra-sempe.html

ISBN : 9782322391318

Dépôt légal : février 2022

Diese paar Seiten sind dem wenig nachgetrauerten Genossen Erich Honecker gewidmet, dem wir die Aufrechterhaltung und Weiterführung dieser ‚großartigen' Berliner Mauer verdanken, die einer Trumpschen Mauer würdig ist.

Vorwort

Dieser Fakt ist neben dem meiner Geburt eindeutig der bedeutendste, aber ich schenke ihm keine Aufmerksamkeit, gebe ihm nicht mal den Status ‚Dunkle Erinnerung', und das versinkt dann totgeboren im tiefsten Vergessen.

Wenn ich mich in eine schreckliche Klemme gebracht haben werde, wird dieser Fakt ganz lebendig und auf ewig treu aus seinem Verließ kommen und mich überall und immer verfolgen.

1.Buch

1. Kapitel

Lasst uns zu einem Fakt kommen. Wir sind im Jahr 1947, ich bin 10 Jahre alt, meine Eltern und ich sind bei einer entfernten Cousine in Amiens, in einem dieser kleinen Häuschen für die Familien der Bergarbeiter.

Sie zeigt meinem Vater etwas und sagt: Ich weiß nicht, was ich damit machen soll, ich werfe es in den Müll.

Langes Schweigen.

Mein Vater: Eine Geige?

Langes Schweigen.

Gib sie doch Claude (das bin ich), wir sehen dann weiter. Von Anfang an habe ich diese Geige nicht wohlwollend betrachtet.

Mein Vater ist hartnäckig, und schnell findet er für mich eine sogenannte Geigenlehrerin.

Jeden Mittwochabend gibt sie mir in einer nahegelegenen Grundschule Unterricht.

Ausschlaggebend ist, dass die Stunden kostenlos sind.

Wenig begeistert, aber gehorsam, gehe ich halt hin.

‚Der Kleine ist begabt!' jubelt die Lehrerin.

Diese' Begabung' überzeugt mich nicht, sie ist für mich weniger wertvoll als die Zeit, die ich mit meinen Kumpeln auf dem Platz gegenüber von unserem Wohnhaus verbringe.

Diese Lehrerin braucht nur wenige Monate, um mich bei all diesen kleinen organisierten Wettbewerben von Verbänden, Schulen, Unternehmen, Fabriken, Wäsche- und Kunstfirmen vorzuführen.

Das Ergebnis ist immer gleich:

1.Preis, einstimmig, mit Glückwünschen der Jury.

Außerdem verleiht mir meine kurze Hose die Aura eines Wunderkinds. Obwohl mich das alles von meinen Kumpeln entfremdet, beginne ich, eine gewisse Sympathie für dieses Instrument zu empfinden, es schmeichelt meiner Eitelkeit. Ich ertrage sogar das langweilige Solfeggio.

2. Kapitel

Mein Vater arbeitet beim Pariser ÖPNV, welcher ehrenamtlich sehr engagiert ist: Ferienkolonien, Kindergärten und sogar eine anspruchsvolle Musikschule, wo richtig ausgebildete Lehrer fest angestellt sind.

So um 1949/ 50 schreibt mich mein Vater in einer Geigenklasse ein. Ich bin sofort ein Objekt der Begierde. Ich werde, wie man behauptet, einem schlechten Lehrer zugeteilt, der aber vom Direktor unterstützt wird, der andere, der angeblich gute, wird von seinen Kollegen unterstützt. Er gewinnt mich für sich.

In dieser Schule höre ich zum ersten Mal etwas über Musik sprechen, von Beethoven, Brahms, Mozart usw.

Diese Namen waren mir vorher nicht bekannt. Es gab immer nur das, was ich gerade spielte.

Man spricht auch über Interpreten: Ginette Neveu war bei Melomanen berühmt – dazu gehörte ich nicht. Sie starb bei einem Flugzeugabsturz zusammen mit dem berühmten Boxweltmeister Marcel Cerdan. Dieser Zufall machte sie auf Umwegen auch so bekannt.

Mein neuer Lehrer, Herr Colombani, ist ein sehr seriöser Mann, der sehr seriös spielt, aber ich finde so wenig Gefallen am Seriösen. Schließlich kann er mich doch beeindrucken. In dieser Schule bin ich dann auch mit zahlreichen Wettbewerben konfrontiert, aber auf einem anspruchsvolleren Niveau: dem SNCF Wettbewerb, dem der Pariser Post usw.

1.Preis, einstimmig, mit Glückwünschen der Jury. Die Ergebnisse bleiben immer gleich.

Der Pariser ÖPNV hat ein eigenes, richtiges Symphonieorchester, bestehend aus Amateuren: Das ist wieder eine neue Welt für mich. Höchste Ehre!!! Ich werde eingeladen, als Solist zu spielen. ICH, ALLEINE, IN KURZEN HOSEN, ich alleine soll vor diesem Orchester stehen und bei einem öffentlichen Konzert das Solo ‚Die Meditation der Thais' spielen.

Da waren meine Eltern aber stolz!

3. Kapitel

Wir sind im Jahr 1951 angekommen, und eines schönen Tages hält Herr Colombani meinen Eltern eine merkwürdige Rede.

‚Ihr Sohn ist wirklich sehr begabt (man kommt nicht daran vorbei), und ich würde ihn mit ihrem Einverständnis gerne Madame Talluel vorstellen, sie ist Professorin am Conservatoire National Supérieur de Musique, unserer Eliteschule für Musik in Frankreich, sie ist sehr berühmt, und sie hat Ginette Neveu unterrichtet. Sie wird uns ehrlich sagen, ob Claude eine professionelle Karriere als Geiger anstreben kann. Wenn das der Fall ist, wird er Unterricht nehmen, seine ganze Zeit dem Geigenstudium widmen und das Gymnasium aufgeben müssen.'

Das ist doch mal eine verlockende Idee!

Das Leben am Gymnasium begeisterte mich nicht, ich war wie viele andere ziemlich begabt, aber zerstreut. Ich glänzte vor allem beim Flippern. Am

Ende der Unterrichtszeit stürzten wir in eine
Brasserie nahe der Mirabeau Brücke und trieben
den Sport mit Begeisterung.

Das bevorstehende Treffen mit dieser Dame, der
berühmten Lehrerin der Geigerin Ichweißnichtwer
interessierte mich überhaupt nicht. In jedem Fall
wird diese Madame Talluel vor solch einem Talent
wie mir auf die Knie fallen.

Am Tag des Vorspiels sind Herr Colombani, Papa
und ich bei Madame Talluel, sie wohnt in einem
guten Bezirk, das Gebäude ist großartig, ihre
Wohnung luxuriös, Madame Talluel ist also eine
bedeutende Persönlichkeit.

Ich spiele ihr etwas vor. Oh, was für eine
Überraschung! Sie fällt nicht auf die Knie sondern
zieht ein Gesicht. Ihr Blick fällt auf meine
Golfhose von Bon Marché, dem Kaufhaus der
Arbeiterklasse.

´Ohne Zweifel besitzt er gewisse Qualitäten`, sagt
sie zu Herrn Colombani und fügt hinzu: ´ Er ist

bereits 14 Jahre alt (ich hätte in kurzen Hosen kommen sollen!), na ja, wir können es versuchen. ´

Sie wendet sich mir zu: An den nächsten zwei Sonntagen wirst du im Konzertsaal der Musikschule im Cortot Saal der École normale de Musique dem Großteil meiner Schüler zuhören, da wirst du sehen, welcher Weg dir noch bevorsteht.

4. Kapitel

Kadenzen und Dekadenz.

Der erste Sonntag ist ein Albtraum, er zeigt heftig und grausam die Wirklichkeit.

Ich bin ein mittelmäßiger Geiger. Die 7- bis 8-jährigen Jungen in kurzen Hosen, die Mädchen mit rosa Ballettröckchen und Zöpfen, das geht ja noch. Aber die 10- bis 11-jährigen machen sich übelst über mich lustig und machen mich lächerlich, ich ähnele meiner Golfhose von Bon Marché. Am folgenden Sonntag war ich besser vorbereitet, ich bewunderte die 14/15-Jährigen, sie steuerten schon auf eine Solistenkarriere zu. Sie zeigten mir den endlos erscheinenden Weg, der von Madame Talluel vorgegeben war.

1951/52 hält Folgendes täglich in unserer Zweizimmerwohnung Einzug:
Geige: 9-10:30, 11-12:30, 14-15:30, 16-17:30 Uhr.
Tonleitern, Etuden, Technik, außerdem einmal

wöchentlich Privatunterricht, allgemeine
Fernstunden und Einzelunterricht bei Madame
Talluel. Sie ist großzügig, kennt unsere finanzielle
Lage und macht einen Sonderpreis:
2000 alte Francs pro Unterrichtsstunde.
Mein Vater verdient 50000 Francs im Monat.
Sehr gewissenhaft gab ich mein Bestes, und in
einem gewissen Ausmaß stellte ich alle zufrieden.
Meine Tonleitern, Etüden usw. waren anständig,
aber wir langweilten uns zu zweit.

Diese 2 Sonntage haben meinen Schwung und
meine Sorglosigkeit zerstört, ich war durch falsche
Noten, technische Pannen gehemmt.
Ein Bücherschrank, den meine Eltern voll mit
Büchern als Zugabe gekauft hatten, diente als
Zuflucht. Dieses Möbelstück war gut gefüllt, man
fand dort alles: Perrochon, Barrès, Bazin (nicht der
von Vipère), Vigny usw. Es gab da andere, die
mein Interesse stärker weckten : Balzac, Zola (er

gab mir Gelegenheit, mich zu empören), Flaubert und Stendhal (ich träumte davon, Julien Sorel zu sein).

Diese Leute machten meine Beengtheit erträglich, ich entkam der Dunkelheit der Tonleitern und Etuden.

5. Kapitel

Von 1952 bis 1955 vergehen die Jahre, die Ereignisse wiederholen sich.

Ein Einschub drängt sich auf.

Im Deutschen gibt es zwei Begriffe für einen Musiker: Musiker und Musikant. Der erste: Der professionelle Musiker ist Fachmann auf seinem Gebiet, benutzt seine Geige oder ein anderes Instrument, um seinen Lebensunterhalt damit zu verdienen.

Der andere, der Musikant, lebt die Musik, atmet sie, verströmt sie. Der Musiker ist nicht immer ein Musikant und der Musikant nicht unbedingt ein Musiker.

In dieser Zeit gehöre ich zur Kategorie Musiker, natürlich brotlos, aber das ist der Weg, der für mich offenbar gebahnt ist. Ende des Einschubs.

Der großartige Salon von Madame Talluel dient bei Schülervorspielen als Bühne. Madame Talluel ist eine Hofdame, ihr Hof sind Mütter, Tanten,

Förderer usw., nur schöne heile Welt, gut situiert, gutbürgerlich. Dort haben meine Eltern keinen Platz. In dieser Welt mag man mich, ich wirke bescheiden in meiner Golfhose von ‚Bon Marché', ich bin respektvoll, ich spiele sehr höflich. Meine Bedeutungslosigkeit unterstreicht die Qualitäten meiner Konkurrenten, ich stelle überhaupt keine Gefahr dar, außerdem bin ich ein akzeptabler Bezugspunkt. Meine beharrliche und regelmäßige Arbeit verbunden mit einer gewissen Geschicklichkeit trägt Früchte, meine Technik hat ein gutes Niveau, ist aber ohne Virtuosität.

Zweimal im Jahr finden herausfordernde Wettbewerbe statt, wo sich die Kandidaten für den Eintritt ins Konservatorium messen, die Bewerber aller sechs Geigenklassen und Lehrer. Schnell baut sich ein Ritus auf, meine Leistung ist sauber aber nicht berauschend und bringt mich auf einen Platz nahe der Bedeutungslosigkeit: Es gibt wenige, die schlechter aber viele, die besser sind.

Die Kommentare: Du spielst gut, aber es mangelt dir an Temperament, das ist schade.

Ich hätte gerne erfahren, wie man dieses Temperament bekommt. Nicht alles ist schwarz, und manchmal stecke ich die Nase raus!

Ich werde Mitglied in einem Kammerorchester, bestehend aus Geigern, Bratschern, Cellisten, die auch alle wie ich davon träumen, ans Konservatorium zu kommen.

Bach, Vivaldi und Mozart lenken mich eine Weile von langweiligen Tonleitern und Etüden ab.

Freundschaften entstehen, und ein Cellist, der für Kammermusik schwärmt, lässt mich ein Sextett für Streicher von Brahms und ein Quintett von Schubert entdecken, Werke, die wir immer wieder hören.

Ein anderer Kumpel ist auch aus der Talluel Zunft hervorgegangen, diskret, solide, geschmückt mit

Höflichkeit und der natürlichen Eleganz des 16. Bezirks.

In Bezug auf das Instrument ähneln wir uns: gleiche matte Gesichtsfarbe, gleiche Resignation. Aber das stört ihn nicht so sehr, denn er wird die zehn Jahre ältere Tochter eines Generals heiraten, was seit seiner Geburt eine ausgemachte Sache ist.

Er bewohnt eine schöne Wohnung im schönen 16. Bezirk. Dorthin werde ich oft eingeladen, ich wohne nicht weit davon entfernt in einem Arbeiterbezirk.

Seine Frau Mama ist einflussreiches Mitglied des Talluel Hofes und unterstützt diese Freundschaft. Ich halte mich für den Alibikumpel, Begleiter des Missgeschicks, meine Unzulänglichkeiten sind nicht ansteckend, im Gegenteil, er unterstreicht die Solidität einer gesicherten Zukunft. Diese Berechnungen sind ihm fremd, und er ist mit mir von einer Natürlichkeit, an der ich nicht zweifle.

Und außerdem habe ich eine kleine Freundin, sie ist abgesichert, gut aufgehoben in der Klasse von Madame Talluel. Sie sucht meine Gesellschaft und schreibt mir einige Qualitäten zu, das ist etwas, was mich aufwertet. Sie wohnt bei ihren Tanten, die uns mit Wohlwollen betrachten.

6. Kapitel

Die Kumpels aus dem Bezirk machen sich rar, werden in einem anderen Takt als ich älter und entwickeln sich anders, sie haben alle richtigen Freundinnen und Sex und vögeln in allen möglichen Stellungen, sagen sie, die Freundinnen sind begeistert und wollen mehr, sagen die Kumpels, es sind die Details, die mich überzeugen, dass sie nicht bluffen. Ich habe nichts zu erzählen und stehe als dummer Jüngling da. Wie sehe ich bloß aus?

Die einzig mögliche Lösung: eine Nutte.

Zuerst den billigsten Bezirk wählen. Strasbourg-St Denis (zwischen 500 und 1000 Francs pro Einsatz). Dann ganz diskret die Kohle aus der Spardose meines Vaters anknabbern. Anschließend in den Straßen des Bezirks Strasbourg- St Denis schlendern, um die Dame zu finden, die mir geeignet erscheint: lange blonde Haare, schlanke Beine, schmale Taille.

Nächste Etappe: Präservative kaufen (absolut verpflichtend!). Das wird ein wenig kompliziert, Automaten gab es noch nicht. Ich muss bei einer Apotheke vorbei. Die Kasse muss von einem Mann besetzt sein (vor einer Frau würde ich mich zu sehr schämen). Keine Kunden im Laden, ich sehe mich nicht rufen: Präservative bitte! Schließlich finde ich, was ich brauche. Schon nach diesen Episoden bin ich Schweiß gebadet, meine Beine sind wie Watte.

Ich spreche meine Blondine an, wir gehen die Treppe rauf, meine watteartigen Beine sind kurz und die Stufen hoch. Das Zimmer ist ärmlich, gleich rechts ist der Tisch, wo ich die verabredete Summe hinlegen soll.
Die Blondine zeigt in Richtung Waschbecken: Wasch dich! ...Nein, nicht die Hände, Idiot!... Den Schwanz. Streif deinen Präservativ auf, beeil dich, ich habe noch anderes zu tun. Die Treppe, das

Präservativ, das ist alles zu viel für mich. Ich werde ganz klein, mein Pimmel auch, wir stürzen die Treppe runter, meine Beine sind nicht mehr wie Watte.

Später sage ich zu meinen Kumpeln: Ich bin zu einer Nutte gegangen! Bewundernde Blicke. Sie hat es dermaßen genossen!!! Sie hat's mir gratis gemacht!

7. Kapitel

Sommer 1955, wir verbringen unsere Sommerferien en famille an der Cōte d'Azur.

Wir heißt unsere 2 Zelte, ein großes und ein kleines für mich und die Geige. Wir schlagen die Zelte auf einem stark frequentierten Campingplatz auf. Unser kleiner Renault hat sehr gelitten, um uns bis dorthin zu befördern. Der arme wird die Rückreise nicht überleben.

Die Freizeitatmosphäre bestimmt den Rhythmus und den Zeitplan der Camper, einstimmig und ohne Absprache bewegen sich alle vom Platz zum Strand und später vom Strand zum Platz.

11 Uhr: Sonnenbaden

13 Uhr: Mittagessen, Siesta

15 Uhr: Strand, Sonnenbad

18 Uhr: Rückkehr zum Zeltplatz, Apéritif , Abendessen

Nur am Morgen respektiere ich diesen Zeitplan.

Von 15 Uhr bis 18 Uhr sitze ich mit meiner Geige in meinem Zelt, ich übe und störe niemanden. Glauben sie bloß nicht an ein Opfer, viel baden, das geht noch, zu viel Sonne, das brennt und ist sehr unangenehm.

8. Kapitel

In den Monaten Oktober 1953 und 1954 stellt mich Madame Talluel bei den Aufnahmewettbewerben vor. Diese zwei Wettbewerbe werden reichen, um mich in einem gewissen Herrn Sysiphus wiederzuerkennen.

Wenn man der griechischen Mythologie glaubt, ist dieser Herr auf ewig verdammt, ein Fels auf die Spitze eines Berges zu schieben, wo sich anscheinend mein Konservatorium befindet, fast am Gipfel angekommen fällt der Fels hinunter, und er muss alles von vorne anfangen.

Der Wettbewerb im Jahr 1955 ist entscheidend, das ist meine letzte Chance, denn ich werde 18 Jahre alt, und das ist die Altersgrenze der Geiger für den Eintritt ins Konservatorium.

Vor diesem Ereignis findet im September das Probevorspiel aller Bewerber statt.

Im großartigen Salon von Madame Talluel versammeln sich die Mamas der Bewerber und die fördernden Freunde. In meiner Golfhose von Bon Marché verziere ich alles etwas. Es ist unnötig zu sagen, dass meine Eltern fehlen. Jetzt bin ich dran!

Man stellt sich darauf einzugähnen, zu flüstern und, um die Zeit rumzukriegen, die nächsten Winterferien in St. Moritz zu planen.

Der Applaus, der meinem Vorspiel folgt, hat einen anderen Klang, nicht den, der Anerkennung für gut gemachte Arbeit, er ist weniger spontan, unruhiger und argwöhnisch.

Das Lächeln, früher wohlwollend, verkrampft sich.

Madame Talluel springt auf: Bravo, Claude, endlich!

Ich habe nicht mehr daran geglaubt. Jetzt spielst du.

Ich beglückwünsche dich! Die nette kleine Freundin stürzt auf mich zu und beglückwünscht mich wärmstens.

Ich verstehe gar nichts.

Wie ist das möglich?

Was habe ich denn gemacht?

Ich Erdwurm verwandele mich in einen Schmetterling? Ich gelange vom Farblosen zum Brillanten? Es stimmt, dass in letzter Zeit die Tonleitern und Etuden ihre abstoßende Seite verloren haben und ich manchmal Gefallen daran fand, mir zuzuhören. Ist es Herrn Sysiphus endlich gelungen, seinen Stein abzulegen?

9. Kapitel

Oktober 1955, ich bin 18, es ist die Altersgrenze, ich muss erfolgreich sein.

Nach dem Septembervorspiel finde ich ein wenig zu meiner Sorglosigkeit von früher zurück. Ich gehe ohne Angstgefühl in diese Prüfung. Das Vorspiel findet im Berlioz Saal statt, dem Saal der wichtigen Konzerte und Wettbewerbe. Wenige Momente vor meinem Spielbeginn zieht mich Madame Talluel in eine dunkle Ecke des Flures neben dem Berlioz Saal. Ich ahne eine Katastrophe, denn ihr Gesicht ist düster, bedrohlich. Sie schleudert raus: Deine Mutter verbreitet das Gerücht, dass man mich schmieren muss, um in meine Klasse zu kommen.

Sie wendet mir den Rücken zu und verschwindet. Natürlich habe ich trotzdem gespielt, deshalb war ich ja da. Brahms, Bach, Paganini, etc., alles kam dran. Es reichte aber der geringe Durchblick, den ich hatte: Claude, alles ist aus.

10.Kapitel

Zuhause schleudere ich später meiner Mutter mit einem komplett geleerten Schädel entgegen: Madame Talluel behauptet, dass du das Gerücht in die Welt setzt, dass sie geschmiert werden muss, um in ihre Klasse zu kommen. Ich will sie nicht attackieren, aber ich muss ihr dazu irgendwas sagen.

Ihre Vorstellungskraft erlaubt es nicht, sich so eine Absurdität vorzustellen. Aus jener Welt kennt sie niemanden, wir haben zu ihr überhaupt keinen Kontakt. Mein Vater, gewöhnlich schnell empört, zeigt keinerlei Reaktion. Ist es nicht diese Art von Missgeschicken, denen sich die Bescheidenen aussetzen, wenn sie höher furzen als ihr Arsch? Übrigens haben wir nicht die Dreistigkeit, Erklärungen zu fordern.

Einige Wochen später lädt mich Madame Talluel zu sich ein, ich vermute, dass sie nach Überlegungen beginnt, an der Wahrheit der angeblichen Worte meiner Mutter zu zweifeln. Sie Lädt mich ein, nicht meine Eltern. (Man entschuldigt sich doch nicht vor irgendjemandem.) Kein Wort über diesen Vorfall. Sie ist fast mütterlich und sagt: Es ist nicht alles verloren, sondern es gibt eine Alternative. Wechsele von der Geige zur Bratsche, deine Begabung und deine Instrumentalqualitäten erlauben dir, eine Karriere als Bratscher ins Auge zu fassen. Dafür lege ich meine Hand ins Feuer, die Altersgrenze ist auf 20 festgesetzt, um am Konservatorium zu beginnen, das ist völlig ausreichend. Einer von zwei Professoren am Konservatorium ist ein Freund, ich werde dich ihm wärmstens empfehlen.

11. Kapitel

Die Bratsche muss im Gegensatz zur Geige präsentiert werden. Die Form ist identisch. Was unterscheidet sie? Die Länge des Corpus (3 bis 4 cm mehr), die viel größeren Schultern, ihre Stimmung ist eine Quinte unter der Geige.

Das gibt ihr einen viel tieferen Klang, der sich schlecht für die Virtuosität und Brillanz der Geige eignet. Obwohl sie für das Orchester absolut notwendig ist, ist sie weniger gefragt.

Gute Bratscher sind also gesucht.

Ich komme währenddessen in einer Epoche an, wo die Sachen sich entwickeln: Mehrere große Komponisten des 20. Jahrhunderts schreiben große Werke für dieses Instrument: Bartok, Hindemith, Walton, Martinu usw. Dieses neue Repertoire ist nicht weniger virtuos als das der Geiger.

Madame Talluel schickt mich zu einem Lehrer, der die `neue Mode` mit einem kritischen Blick betrachtet. Meine sportlichen Kapriolen sind ihm nicht sympathisch, es ist wahr, seit diesem unheilvollen Wettbewerb im Oktober bin ich in diese Erstarrung zurückgefallen, ich produziere nichts Interessantes. Er betont: Du spielst Geige auf einer Bratsche. Instrumentalistische Hauptsünde.

Was er hören will: dunkel, fett, bauchig.

Die Zeit vom Oktober 1955 bis Oktober 1956 ist relativ friedlich, keine Vorspiele, kein Unterricht, keine Mamas, keine herablassenden Blicke. Die Unterrichtsstunden waren privat, die Bewerber begegneten sich nie.

Und schon sind es 3 Jahre, in denen ich fröhlich im selben Kammerorchester bin, ganz einfach habe ich von der Geige zur Bratsche gewechselt. Der Kumpel aus dem 16. Bezirk gibt kein Lebenszeichen mehr von sich. Seine Mutter entscheidet über seine Ehe, seinen Geschmack, seine Freunde. Ich bin überflüssig, ich habe das

Schiff verlassen, ich bin befleckt. Außerdem ist er
gescheitert, auch er!

Die Beziehungen zu der netten, kleinen Freundin
entwickeln sich langsam und sittsam. Unsere
Spaziergänge laufen Hand in Hand ab, wir
vermeiden den Blick der Tanten, wird er vielleicht
weniger wohlwollend sein?

Oktober 1956, der Wettbewerb rückt näher, meine
technische Ausstattung bietet mir Schutz…hoffe
ich!

2. Buch

1. Kapitel

Lehrzeit

Wettbewerb bestanden!

Ich dringe in das ‚Heiligtum', den ‚Olymp', das ‚Pantheon' ein: das Konservatorium. Um mir das besser klarzumachen, renne ich los, um mich einzuschreiben und einen Studentenausweis zu bekommen. Zuhause ist nicht gleich Party, man befreit sich nicht so schnell von einer Schwere, die so vertraut geworden ist. Trotz allem öffnet man eine Flasche Sekt. Von da an war ich geschützt vor dem nicht ganz ernst gemeinten Scherz meines Vaters: Wenn du scheiterst, wirst du Fahrkartenknipser bei der Metro.

Ich ging nicht in die Klasse, die für mich bestimmt war, der Professor schien mich für zweite Wahl zu halten. Der Professor, der mich empfing, war in keiner Hinsicht zweite Wahl, er hatte einfach freie

Plätze. Sein Ruf war nicht schlechter, im Gegenteil, man hielt ihn für einen großen Kammermusiker.

Das Repertoire der Kammermusik ist zu umfangreich, das solistische Fach 'war ihm fast unbekannt, er hatte seine Technik an die Bedürfnisse des Quartetts angeglichen. Er war gegenüber dieser neuen ' virtuosen' Technik nicht feindlich, vorausgesetzt, sie dient der MUSIK. Mit Sympathie nahm er mich in seiner Klasse auf. Er schien zufrieden, mich unter seinen Schülern zu haben. Was sah er in mir?

' Das Effektvolle ',Das hat ein Format', diese Dicketuerei, die leere Perfektion der Erziehung Talluel , all das wurde zur Karikatur.

Die Familie, die uns am Anfang meines Geigenabenteuers den Rücken zugedreht hatte, kam wieder auf uns zu: Claude, wir haben niemals an dir gezweifelt.

2. Kapitel

In diesem ehrwürdigen Konservatorium fühle ich mich leicht, lebendig, einer zwischen so vielen anderen. Der Stundenplan ist vollgepackt: jede Woche Bratschenkurse, Solfeggiokurse, Kammermusikkurse, Proben mit dem Orchester des Konservatoriums.

Der alte Herr, der uns dirigiert, schwört auf Beethoven, alle seine Symphonien müssen daran glauben (eigentlich nicht schlecht). In diesem Orchester bilden sich Freundschaften.

Diese kleine Welt teilt sich in Klischees auf.

Die Pianisten nehmen sich ernst.

Die Geiger brüsten sich.

Die Bläser sind immer aufgeregt.

Gutmütig sind die Cellisten.

Diskret und bescheiden sind die Bratscher.

Die Bratschenkurse sind kollektiv, die ganze Klasse ist versammelt.

Wir spielen voreinander ohne kompetitiven Esprit, unser Lehrer lobt, kritisiert, motiviert und er demütigt niemals.

3. Kapitel

In der ‚Firma' ist das Niveau sehr gehoben, die Konkurrenz beängstigend, die Ambitionen stark.

Die Mehrheit von uns nimmt an, dass sich hier unsere Zukunft entscheidet und formt: Lehre, Kammermusik, Orchestermusiker oder Solist.

In dieser Nachkriegsperiode bilden sich Theater, Ensembles, Orchester. Die Grenzen öffnen sich, es wird leicht, unseren Beruf überall in Europa auszuüben. Der Algerienkrieg verschärft sich, wir wissen, dass er lange dauern und uns betreffen wird, wir versuchen, nicht zu viel daran zu denken.

Ich profitiere maximal vom Unterricht meines Lehrers, ich finde zur Sorglosigkeit der kindlichen ‚Vor Talluel' Zeit zurück.

In wenigen Wochen schaffe ich mir einen Platz unter den für brillant angesehenen Studenten. Genau in dieser Atmosphäre finden wir uns, wir, die harmonieren: Vartan, armenischer Geiger, elegantes Spiel, leidenschaftlicher Musiker; Raffi, jüdisch- tschechischer Cellist, Energie, Präsenz, niemals billige Virtuosität etc. Wir füllten unsere Momente der Freiheit mit Mozart und Beethoven, und mit einem zusätzlichen Pianisten, erfreuten wir uns mit Brahms, Schubert etc.

Ich widme die Zeit, die mir bleibt, meiner kleinen Freundin.

Wir entfernen uns von der Wohlanständigkeit, wir sind nicht weit weg vom Unvermeidlichen. Wird der Blick der Tanten noch lange wohlwollend sein?

4. Kapitel

Das Ziel, das wir verfolgen, ist dieser wertvolle erste Preis.

Vier Jahre, das ist die wahrscheinliche Dauer unseres Studiums. Jedes Jahr muss man eine Leiter erklimmen, Scheitern bedeutet Ausschluss.

Zu jedem Wettbewerb versammeln sich alle Studenten egal, ob sie am Ende des Studiums sind oder nicht. Das Programm ist das Gleiche für alle, der Ausschluss ist also immer möglich. Das Erhalten eines ersten Preises hängt vom allgemeinen Niveau der Gesamtheit der Kandidaten ab.

Wir haben 1957, das ist mein erstes Jahr, ich habe eine Stufe erklommen, ein schöner Erfolg, der einen ziemlich kurzen und erfolgreichen Aufenthalt ankündigt.

Jedoch das bringt mich dem Militärdienst näher, der in Algerien stattfinden wird, mit Besorgnis sehe ich den Krieg intensiver und dauerhafter werden.

Die Konzertgesellschaften Pasdeloup, Colonne, L'amoureux laden mich für einige Vertretungen ein. Diese Orchester bestehen aus Profis der Oper, des Rundfunks und der Philharmonie.

Das sind meine ersten Honorare und Annäherungen an die Welt, die mir versprochen ist. Genau dort lernt man das Metier: das heißt, die Kunst, sich an die alten Routiniers zu klammern, sich in die Gruppe einzubringen, mehr mit der Gruppe zu verschmelzen als die Dirigenten anzusehen, die manchmal verwirren. Genau dort entdecke ich auch Komponisten, deren Existenz ich sogar ignorierte: BRUCKNER, MAHLER, SCHOSTAKOWITSCH, STRAVINSKY, usw. Unser Studentenausweis ist ein echter ‚Sesam öffne dich', die Theater, Konzerte, Ausstellungen sind fast immer gratis.

Das Bücherregal meiner Eltern hatte die Last der Tonleitern und Etuden leichter gemacht und auch meinen literarischen Appetit verstärkt. In der Firma spricht man nicht nur über das Instrument, Musik und Mädchen. Einige Aufgeklärte führen mich in die Welt der zeitgenössischen Litteratur ein, ich entdecke Beckett, Ionesco, Queneau, Vian usw.

Celine…

Der Schock auf die Lektüre von ‚Reise ans Ende der Nacht' und der Schock beim Hören von ‚Sacre du printemps' von Stravinsky hatten denselben Effekt: Zwei Faustschläge mitten in die Fresse! Ein Kamerad nimmt mich in die Cinemathek mit, das ist die Offenbarung. Das Kino wird mein Opium! Es ist es immer noch. Das japanische Kino: OZU, KUROZAWA. Das russische Kino. EISENSTEIN, das Kino Zentraleuropas und noch andere. Stanley KUBRICK, macht Skandal, sein

Film ‚Die Wege des Ruhms' entehrt die französische Armee! Er wird verboten.

Und meine Tonleitern bei all dem?

Meine kleine Freundin und ich überwinden alle Grenzen. Unser Vergnügen werden nur getrübt durch die Unruhe der Tage, die der Menstruation vorangehen.

Unser ‚Nest': Ein Kino, das an Nachmittagen nur Filme der Avantgarde zeigt und deshalb fast leer ist, die Logen im Fond eines langen Saales bieten uns diskreten Schutz. Wenn die Lichter ausgehen und die Leinwand sich erhellt, widmen wir uns Zärtlichkeiten und Küssen.

Wir kommen wieder zu Bewusstsein, wenn auf der Leinwand die Wörter FIN oder END erscheinen. Dabei habe ich viele schöne Filme verpasst.

5. Kapitel

Die Konzerte, die Theater, die Filme aus der Cinemathek und mein Liebesleben lassen mir aber nur knapp Zeit für meine Tonleitern und Etüden, und dennoch erwarte ich viel von diesem Wettbewerb im Juni 1958.

Dieses ,Ich erwarte viel' ist übertroffen, erster Preis, als erster und einstimmig nominiert, was selten ist im zweiten Jahr! All die Glückwünsche und Sympathiezeichen tauchen mich in eine Starre ähnlich der am Tage des Bestechungsvorwurfs bei Madame Talluel, ich komme da schnell raus, um diesen so lange ersehnten Moment zu genießen. Meine Eltern bleiben wie immer diskret abseits. Niemand kennt sie, sie sind in ihrer Ecke allein, meine Freundin und ihre Tanten kommen, um meinen Eltern herzlich zu gratulieren.

Endlich strahlen sie.

6. Kapitel

Nach der Euphorie, eine größer werdende Unruhe:
der Algerienkrieg…

Mich erwarten:

28 Monate Militärdienst, der längste Teil davon in
Nordafrika. Mein Studentenausweis schützt mich
nicht länger! Die ‚Firma 'bietet eine Lösung, eine
prestigeträchtige Klasse, die von einem
weltbekannten Geiger geleitet wird: CALVET.
Seine Klasse widmet sich ausschließlich der
Kammermusik. Bedingungen: Pianist oder
Streicher sein, mit einem ersten Preis ausgestattet
sein und einen Aufnahmewettbewerb bestehen.
Ich bereite mich hastig aber mit Erfolg vor. Wir
sind im November 1958, da bin ich wieder
beruhigt, noch zwei Jahre Aufschub…mit einer
kleinen Chance, dass Algerien nicht mehr
Französisch sein wird.

Während dieser 2 Jahre wurde Monsieur Calvet oft
krank und vor allem deprimiert, nach dem Tod

seines lieben Hundes…ich habe zu wenig von seinem Unterricht profitiert.

Ich habe den Eindruck, etwas verpasst zu haben, aber ich habe meinen Studentenausweis wieder bekommen.

Ich trete einem Kammerorchester bei, das viel in Frankreich und Europa auf Tournee ist, wir sind 12 Streicher plus ein völlig überflüssiger, um nicht zu sagen störender Dirigent.

Unser tägliches Brot: Vivaldi, Bach, Händel, Mozart, Rossini. Dieses Ensemble ist jung, es besteht aus Musikern, die alle ihr Studium am Konservatorium brillant beendet haben. Wir proben wenig, wir amüsieren uns viel.

Der Sommer 1960 ist Vorbote von radikalen Änderungen. Zuerst, unsere Verlobung! Meine Freundin und ich, das war zu deutlich sichtbar, unsere Beziehungen ließen keinen Zweifel zu. Die Familien trafen sich recht höflich, jedoch unsere Ungeduld schien sie zu beunruhigen. ,Ihr seid zu jung!' Im Juni 1960 bekommt meine Verlobte ihren premier prix. Im September müsste ich zu meinem Regiment. Die Hochzeit wird auf den Monat August festgelegt!

Eine schöne Hochzeit.

Meine Frau, ein schönes, langes weißes Hochzeitskleid. Ich, ein schöner dunkelblauer Anzug (ich werde ihn später zu meiner zweiten Hochzeit tragen).

Eine schöne Zeremonie in einem schönen burgundischen Besitz. Eine schöne kleine romanische Kirche. Ein musikalischer Rahmen, der diesem Ereignis würdig ist: Die Kumpels spielen unter anderem ‚den Hochzeitsmarsch' von Wagner (er war mir noch nicht unsympathisch). Kurz vor der Zeremonie nehmen mich die Tanten zur Seite, seit dem ‚Bestechungsvorwurf' bin ich schrecklich allergisch gegen diese Art Situation.

Ernste Miene ‚Claude, du hast die Jungfräulichkeit unserer Nichte respektiert, wir werden dir dafür immer dankbar sein.'

Sie ist ganz schön pfiffig, meine Gattin.

Ein Marc de Bourgogne von 1872 wird unvergesslich bleiben.

Meine Frau wird bewahrt vor dem langen Marsch, den die meisten Instrumentalisten nach ihrem Studium verfolgen: Die zahlreichen Vorspiele, die für ein Engagement an einem Orchester nötig sind. Kurz nach ihrem ersten Preis wird sie zum Vorspiel in Lausanne geladen und im Kammerorchester dieser Stadt engagiert. Sie wird Ende August beginnen.

Zuvor müssen wir eine Bleibe finden, die ihre Wohnung bis zum Ende meines Militärdienstes sein wird. Die Schweiz ist das Land der Schokolade und Lausanne eine Pralinenschachtel. Alles ist sehr geordnet, sehr gepflegt, gut gezuckert, sogar die Straßenbahnen ähneln

Pfefferkuchen. Ihr Vertrag ist verführerisch und übersteigt bei weitem alles, worauf man in Paris hoffen kann. Mit der Hilfe der Verwaltung finden wir eine Bleibe, (eine Pralinenschachtel mit Blick auf die Alpen).

Ich bin bei den ersten Proben anwesend, ich mache die Bekanntschaft von Mitgliedern dieses Ensembles (ungefähr 40 Musiker). In Frankreich besetzen nur Franzosen die Orchester. In Lausanne sind die Schweizer in der Minderheit: Tschechen, Rumänen, Polen, Spanier, Amerikaner bilden das Wesentliche dieser Formation. Ich bin gezwungen, gewissse Vorurteile zu revidieren:

Am Konservatorium in Paris sind wir überzeugt, dass unsere Institution bei weitem die brillanteste ist, dass wir Preisträger unübertroffen und brillantissimo sind.

Hier ist es den Musikern ganz egal, ob man aus Warschau, London oder Wien etc. kommt.

Ich muss Lausanne verlassen und mich bei meinem Regiment melden. Ich bin beruhigt, meine süße Gattin in diesem schönen Orchester und in diesem schönen Land gut aufgehoben zu wissen.

Am ersten September sind wir in der Kaserne von Rueil-Malmaison ungefähr hundert einfache Soldaten, die darauf warten zu erfahren, wo sie stationiert werden. Keiner von uns weiß, was das Schicksal ihm beschert. Einzige Gewissheit: die 28 Monate obligatorischer Militärdienst.

Das gewöhnliche Schicksal, 4 Monate ,Schulung' in Frankreich, 24 in Algerien.

Die Glücklichen, 8 Monate Deutschland, den Rest in Algerien.

Die großen Glückspilze, 12 Monate Berlin, 16 in Algerien.

Genau beim Besteigen des Zuges erfahren wir unseren Einsatzort. Ein Sergeant oder Adjutant nähert sich mir, weist mir einen Zug zu: ‚Der da, dein Zug, beeil dich! ‘

‚Aber, wohin fährt der? ‘

‚NACH BERLIN.‘

3. Buch

1. Kapitel

Kleine Mauer wird groß werden

Eine Mauer, das ist das erste, was ich in Berlin
sehe.
Eine Mauer, umgibt---sollte ich sagen umzingelt? -
-- die Napoleon Kaserne (früher Göring Kaserne) .
‚Umzingelt ‘, dieser Terminus scheint gut geeignet,
um einen Ort zu beschreiben, aus dem es
schwieriger ist raus- als reinzukommen.

Eine immens große Kaserne (Göring ‚sah‘ groß),
Wohngebäude, Büros, eine Kantine, ein Sportplatz,
zwei Schwimmbäder, ein Restaurant, ein Kinosaal
und, das versteht sich von allein, eine Kirche. Es
fehlen nur der Friedhof und das Bordell.
Der erste Tag: Verteilung der Uniformen, zwei
Schuhe mit Bürste und Schuhwichse. Wachs, um
die Kupferknöpfe und andere metallische

Gegenstände glänzen zu lassen. Diese Uniform muss bis zu meiner Abreise nach Algerien halten.

Ich bin in ‚Hab-acht-stellung‘ vor einem Vorgesetzten. Er untersucht meine Akte.

Studium am Konservatorium…offenbar sagt ihm das nichts.

‚Hmmm! Eigentlich wird das wie eine Universität angesehen. Also, du hast die Möglichkeit, eine Unteroffiziersausbildung zu machen.‘

Die Verachtung, gut von seinem Gesicht ablesbar, drückt deutlich aus: ‚Du bist dieser Ehre nicht würdig.‘

Ich bin ganz seiner Meinung.

‚Also, du wirst einfacher Soldat bleiben. Was hat man dir in diesem Konservatorium beigebracht? ‘

Bloß nicht das Wort Bratsche aussprechen. Das ist zu vage, zu kompliziert.

‚Ich bin Geiger. ‘

Die logische Militärentscheidung.

‚Du wirst Zugposaune spielen! ‘

‚Wo soll ich denn das lernen? ‘

‚Du schaffst das ganz allein! ‘

‚In drei Wochen marschierst du mit der ‚Musik des 46. Infanterieregiments.‘

Glückliche Überraschung, ich fürchtete einen riesigen Schlafsaal mit 40 Betten, aber ich bin untergebracht in einem zwölf Quadratmeter großen Zimmer; die Möbel: ein Tisch, ein Lavabo, drei Metallschränke, drei Feldbetten, das Ganze für drei einfache Soldaten.

In den ersten vier Monaten Schulung lernen wir, echte Soldaten zu werden, erst nach diesen Klassen wird uns Ausgangserlaubnis gewährt (samstags von 16 bis 20 Uhr).

2. Kapitel

Drei Wochen nach meiner Inkorporation marschiere ich wie vorgesehen und geschmückt mit meiner Posaune an der Spitze der Musik des 46. Infanterieregiments.

Wir blasen, ihr kriegt weder das Elsass noch Lothringen zurück, ich insistiere, wir singen nicht, wir blasen, denn die Worte könnten mögliche Revanchisten provozieren.

Unser militärisches Repertoire: ‚Berliner Luft‘, die Berliner Hymne. Und selbstverständlich ‚Die Marseillaise‘. Meine rudimentäre Technik reicht.

Das Wesentliche der Zeit eines Rekruten: rennen, kriechen, springen, marschieren, mit dem Gewehr schießen, falsche Granaten werfen, …Kartoffeln schälen, da war ich weniger ungeschickt.

Ein Engel bewacht mich.

Der Hauptmann, Chef der Musik, ist tatsächlich ein Bratscher, der mit seinen musikalischen Studien gescheitert ist und der in der 46.

Fanfare des Infanterieregiments Unterschlupf findet. Er nimmt mich unter seinen schützenden Arm; außerdem bin ich der einzige wirklich professionelle Musiker innerhalb dieser aus Amateuren zusammengesetzten Fanfare, außer, das muss ich ehrlicherweise sagen, einem Klavierspieler, der ernsthafte musikalische Studien gemacht hat, er ist begabt, aber er wird von seinen Pachteinnahmen besser leben, behauptet er! Mit Hilfe meines Musikchefs lasse ich mir mein Instrument schicken, sein Büro steht mir während seiner Abwesenheit zur Verfügung.

Donnerstag, das ist der Manövertag in den Dünen im Norden Berlins.

Ich sitze im Inneren eines Half-tracks vor einem Radiosender (ein Bratschist-Posaunist ist wie geschaffen für diesen Posten). Beim geringsten Kontakt meiner Finger mit diesem Apparat bäumt er sich auf und weigert sich, auch nur irgendwas zu senden. Ich mache das ja nicht mit Absicht, wir verstehen uns einfach nicht. Nach jedem Einsatz hat er einen drei- oder vierwöchigen Aufenthalt im Krankenhaus für Radiosender. Nach seiner Rückkehr in meinen Half-track ist der Rückfall unvermeidlich.

Das ist der Monsieur Sysiphus der Radiosender. Diese Donnerstage werden meine Sonntage.

Ich bin im ,Musikgebäude' ganz allein, meine Tonleitern und Etuden stören niemanden.

Ein Studienfreund (Ecole des Beaux-Arts) hängt sich an mich dran, seine Berufung scheint der meinen zu ähneln. Seine Allergie gegen das Militärleben ist dermaßen offensichtlich, dass der medizinische Dienst ihn für dienstuntauglich erklärt. Er schleppt seine Depression durch die Kaserne, seine einzige Zuflucht ist der relative Komfort meiner Bettkante.

Im März 1961 erhält er eine Ausgangserlaubnis für eine Woche. Er wird nie wiederkommen; er desertiert. Ich bin völlig überrascht! Nicht ein einziges Mal war das Wort Desertion im Verlauf

unserer Unterhaltungen gefallen. Er wurde in der

Schweiz gesehen Mein Domizil in Lausanne,

unsere Freundschaft,

schon war ich der Komplizenschaft verdächtig.

Ich werde lange Stunden verhört, mein Hauptmann,

der Musikchef, interveniert zu meinen Gunsten.

Schließlich lässt man mich in Ruhe; nur eine

Verurteilung: 2 Wochen Knast.

Meine Haare werden genau überwacht: Noch

kürzer; 3 cm über den Ohren, kein einziges Haar

sichtbar!

3. Kapitel

Nach der Grundausbildung lockert sich die
Schlinge, die Ausgehscheine für Samstagabend
(16 bis 22 Uhr) werden uns gewährt, und die
einfachen Soldaten müssen in Uniform ausgehen,
das reizt mich nicht! Ein einfacher Soldat erhält 32
Centime pro Tag und zwei Stangen Zigaretten alle
zwei Wochen. Am Bahnhof Zoo versuchen wir auf
die Schnelle unsere Zigaretten zu verkaufen und
uns ein Bier zu genehmigen.

Ein anderer Kumpel ist Amateurfotograf; in langen
Stunden suchen wir Kriegsspuren (davon gibt es
noch viele) um, so sagt er, möglichst
erschreckende Fotos zu machen.

Endlich ist die langersehnte Urlaubserlaubnis da,
ich soll den Urlaub in Lausanne verbringen, die
Militärbehörden sind zögerlich:

Die Schweiz könnte zur Desertion anstacheln!

Mein Schutzengel wacht. ‚Der Soldat Lelong ist
verheiratet, seine Frau wiederzusehen, wo auch

immer, gehört zu seinen Rechten. ' Alles arrangiert sich, ich bekomme mein Recht. Ich habe scheinbar den Geruch der Kaserne an mir, das kommt in Lausanne schlecht an, unsere lange Trennung hilft nicht weiter. Wir haben uns weit voneinander entfernt, weit weg ist unser Schwung von damals. Ich kehre ohne große Trauer nach Berlin zurück.

Dieser Berliner Winter ist schrecklich, die Temperaturen sinken bis auf minus 15 Grad. Wir müssen marschieren und somit unsere ach so beruhigende Präsenz unterstreichen.

Bei dieser Temperatur kleben die Lippen an der Öffnung eines Blechblasinstruments und erfordern einen chirurgischen Eingriff, um Lippen und Öffnung zu trennen. Also blasen wir in respektabler Entfernung zum Instrument und bringen unerklärliche Knurrgeräusche hervor, das reicht, um nicht der Rebellion angeklagt zu werden. Im Verwaltungsdienst des Quartier Napoleon sind zahlreiche Berliner beschäftigt; einer von ihnen,

Amateurgeiger, Fanatiker von Streichquartetten, sehr aktiv, widmet sich wenigstens einmal in der Woche seiner Leidenschaft.

Er hört von mir, und er erhält von meinem ‚Schutzflügel' Chef die Erlaubnis, mich aus der Kaserne gehen zu lassen.

Ich habe so die Gelegenheit, mich seinem Quartett anzuschließen. Ihr Gott ist Beethoven (Ich schätze ihre Wahl), aber sie sollten sich nicht daran aufreiben: zu schwierig, es ist ein Massaker!

Jedes zu hörbarem Massaker wird von einem Glas Moselwein unterbrochen.

Anscheinend liebte Beethoven Moselweine. Nach jeder Quartettsitzung kehre ich reichlich angeduselt zurück in die Kaserne.

Noch immer rufen die Beethoven Quartette in mir die Erinnerung an Moselweine hervor.

4. Kapitel

Mein Transfer nach Algerien wird im September 1961 stattfinden, ich beginne zu viel daran zu denken. Ich bin mit der Hoffnung in Berlin angekommen, dass dieser Konflikt in Nordafrika geendet hätte.

Diese Hoffnung hat sich zerschlagen, der Krieg ist extrem unpopulär geworden und immer brutaler.

Ich verliere die Lust in die Stadt zu gehen…mein einziges Interesse: meine Zigaretten zu verkaufen und ein Bier zu trinken.

Diese graue Periode wird durch einige vergnügliche Momente unterbrochen.

Ein Frühlingstag, Wachablösung, der neue Oberst kommt uns inspizieren.

5 Uhr Wecken. Schuhe putzen.

Uniformen ausbürsten. Kontrolle der Haarschnitte (oberhalb der Ohren 3 cm ohne sichtbare Haare).

Knöpfe und Instrumente aus Metall schön glänzend. Um 8 Uhr sind wir schließlich fertig.

Im Ehrenhof warten wir aufrecht und starr. Dieser Hof wird von einer Mauer umgeben (auch er), zugänglich durch ein breites Portal. Der Oberst wird gegen 10 Uhr erwartet.

Ein Soldat ist auf der anderen Seite der Mauer postiert, sobald er das Motorengeräusch vom Wagen unseres neuen Kommandanten hört, wird er uns das Signal geben, das wir erwarten.

Das Motorengeräusch, das er hört, ist das der städtischen Müllabfuhr: in seiner Eile gibt er uns das verabredete Zeichen, wir blasen unsere schönste Marseillaise, die Müllabfuhr kommt langsam auf uns zu, bleibt stehen, hält sich majestätisch auf ihren vier Rädern in einer untadeligen Habachtstellung.

Noch ein fröhlicher, kleiner Vorfall. Unsere Musik dient oft als Vorspiel zu sportlichen Ereignissen. An einem Samstagnachmittag sollen wir vor einem wichtigen Fußballspiel feierlich durch einen

Tunnel in das Stadion einziehen. Unser Sous Chef schreitet uns voran:

er ist unkultiviert und ungebildet, er repräsentiert jedoch den Stolz unserer Musik, er ist unvergleichlich, durch seine elegante Art, seinen reich verzierten Stab sehr hoch zu werfen, dass er in seine rechte Hand zurückfällt, ohne seinen Marschtritt zu stören.

Unter dem Applaus des Publikums ziehen wir ins Stadion ein, er wirft seinen Stab, dieser verfängt sich in den am Ausgang des Tunnels fixierten Kabeln, er fällt nicht elegant in seine rechte Hand zurück, sondern jämmerlich auf seine Hacken. Der Applaus verwandelte sich in höhnisches Gelächter. Dieser Vorfall tauchte unseren Sous Chef der Musik in eine tiefe Verunsicherung. Sein Stab wird für immer schwer und unregierbar bleiben.

5. Kapitel

Die Nachkriegszeit des 2. Weltkriegs wird in Deutschland durch zwei Ereignisse geprägt: 13. August 1961, Bau der Mauer, 9. November 1989, Fall der Mauer.

Am 13. August, mitten in der Nacht, Wecksignal ‚höchster Alarm‘. In einem solchen Notfall muss man als äußerste Priorität zuerst bürsten, wachsen, falten, polieren. In voller Montur erwarten wir der Vizepräsident der Vereinigten Staaten persönlich: Monsieur LYNDON JOHNSON kommt, um uns zu inspizieren, sich zu beruhigen und den Glanz unseres Regiments zu konstatieren. Die Gründe für seine Besorgnis: ostdeutsche Truppenbewegungen an verschiedenen DDR-BRD Grenzen werden angezeigt. Sobald M. Johnson seine Inspektion beendet, setzt sich die ganze Kaserne in Bewegung:

ziehen an die Sektorengrenze nach Reinickendorf.

Kaum aus der Kaserne raus, schmollt mein Radiosender, er wird den ganzen Tag schmollen; ich erwarte von ihm einen patriotischen Reflex, vergeblich, unser Zerwürfnis wird definitiv. Ich bleibe vor ihm sitzen, er versperrt mir die Sicht, das vergrößert meine Beunruhigung.

Der Fahrer und der Schütze, die beiden anderen Benutzer des Fahrzeugs, informieren mich über alles, was passiert.

Der Fahrer mit zitternder Stimme: Mein Gott, gegenüber von uns sind hunderte Panzer, Laster, Panzerwagen, ihre Kanonen und Gewehre sind auf uns gerichtet!!! Der Schütze: Die russischen Panzer stammen aus dem letzten Krieg, unsere Half Tracks aus dem ersten! (Er kennt sich damit aus.) Die uns gegenüber sind unbeweglich; im Gegenteil, sie erscheinen ziemlich böse. Davor entrollen unzählige aufgeregte Soldaten kilometerweise Stacheldraht, andere setzen

Backsteine aufeinander, zementieren sie, man könnte sagen, dass sie eine Mauer bauen.

Diese Mauer? Soll sie wie die unserer Kaserne verhindern, dass die Leute rauskommen? Wollen sie ihr Land komplett kasernieren? Viel Glück!

Der Schütze benutzt sein Fernglas: Weiter hinten verrammeln Soldaten Haustüren, mauern Fenster zu.

In meinem Rücken spüre ich die Menschenmenge anwachsen und eine Wut größer werden, aber die Mehrheit der Leute ist wie betäubt.

Wir lernen, dass ganz Berlin betroffen ist, die Amerikaner im Zentrum, die Engländer im Süden.

Die Stunden vergehen, die Nacht bricht an, die Situation beruhigt sich, bleibt aber angespannt.

Wir kehren in die Kaserne zurück, dieser Tag in Reinickendorf wird sich nicht wiederholen.

Die Tage vergehen, als Vorsichtsmaßnahme bürsten, wachsen, polieren wir weiter. Schließlich fasst unsere Leitung einen Beschluss, den wir enthusiastisch begrüßen! Diese neue Situation zwingt uns dazu, unsere Truppen zu verstärken. Das Kontingent vom September, das für Algerien bestimmt war, bleibt in Berlin stationiert.

Mein Schutzengel nimmt die Form einer Mauer an.

Foto von Peter Leibing ,

Hans Conrad Schumann, Soldat der DDR , flüchtet unmittelbar vor
dem Bau der Mauer im August 1961 in die BRD.

6. Kapitel

Meister Engel, auf einer Mauer hockend (La Fontaine)

Die Kaserne Quartier Napoleon wird wahrscheinlich bis zu meiner Rückkehr ins Zivilleben im Dezember 1962 meine von einer Mauer umgebenen Welt bleiben, wo ich wachsen, polieren, bürsten, atmen musste. Ich werde immer dieselbe Uniform tragen müssen, die seltenen Ausgangserlaubnisse werden mich nicht von dieser Pflicht befreien. Es würde zu ungesund sein, sich der Langeweile zu beugen, die mir für ein weiteres Jahr bevorsteht. Ich muss die Risse in der Kasernenmauer finden.

Mein Engel wacht darüber, die Berliner Mauer ist bereits umbenannt in ,Die Schandmauer'. Der Amateurgeiger, Fan von Beethoven, wohnt in einer Wohnung nahe dieser Mauer. Er und seine Mitstreiter ertragen die Amputation ihrer Stadt schlecht, sie sind untröstlich, ihre Trauer ist ein wenig gemildert durch die Gewissheit, dass ich ihnen bis zum Dezember 1962 treu bleiben werde.

Die musikalischen Phasen werden kürzer, die Gesprächszeiten länger, die Moselflaschen zahlreicher. Sie wollen mich in die Berliner Musikwelt einführen. Da kommt Günther ins Spiel. Günther ist zu einem unserer Beethovenschen Massaker eingeladen. Er konzentriert sich auf ein Bier, gibt vor, uns zuzuhören; er ist Cellist, fast dreißig, ein brillanter Musiker, er ist schon Mitglied des Orchesters der Deutschen Oper Berlin. In Paris hat er seine musikalischen Studien betrieben, sein Französisch ist respektabel. Seine große Gestalt, sein markantes Gesicht, der direkte Blick rufen Vertrauen hervor.

Er braucht einige Biere (die Moselweine interessieren ihn nicht), um zu entscheiden, was zu tun ist, er nimmt das Ganze in die Hand.

‚Die Uniform stört dich?

Lass dir deine Zivilkleidung zu mir schicken!
Wenn du aus der Kaserne rausgehst, klingelst du
an meiner Tür, ich wohne nicht weit weg, du ziehst
dich um, dann können wir rumziehen, ich habe
Zeit.'

Günther ist einfach und direkt.

Ich spüre, er bevorzugt mich in Uniform, da bin
ich exotischer, er kann mich besser vorzeigen, aber
er versteht, dass ich wenig Geschmack daran
empfinde, die Rolle des Maskottchens zu spielen.
Sehr schnell führt er mich in seinen musikalischen
Kreis ein, alle sind jung, Studenten oder schon
Mitglieder in einem der Berliner Orchester, Oper,
Radio, Philharmonie.

Schließlich finde ich die etwas abgelegene Ecke
der Kasernenmauer durch Büsche und Sträucher
versteckt, sie wird mir erlauben, heimlich, wenn
auch nicht in Seelenruhe, zu entwischen. In der
Kaserne nimmt das Warten den wesentlichen Teil
unserer Aktivitäten ein.

Warten auf was? Der Fall dieser Mauer noch nicht vollbracht, aber schon wirksam? Eine Revolte? Wir halten nichts davon, vor allen Dingen nicht in ihre Geschichten einmischen!

Es ist ruhig, wir langweilen uns.

Offiziere, Unteroffiziere wünschen ein kleines Tanzorchester, um der Monotonie zu entkommen. Das ist schnell gebildet. Der Pianist mit den Pachteinnahmen. Der Saxophonist, Spezialist für Landbälle. Ein Jazztrompeter, der ländliche Bälle verachtet. Was mich betrifft so besorgt mir mein Hauptmann eine Geige, ich benutze sie für Tangowalzer und Paso Doble, ich werde für Rumba und Cha-Cha-Cha meine Posaune blasen, meine Technik hat sich verbessert.

Die englischen, amerikanischen, französischen Militärclubs engagieren uns für Tanzabende. Anstatt bezahlt zu werden stecken wir die Nase raus, nehmen teil an den Mahlzeiten der Offiziere und besonders an ihren alkoholischen Getränken.

7. Kapitel

Dezember 1961, meine halbjährliche Urlaubsgenehmigung für eine Woche in Lausanne.

Unsere Ehe ist ziemlich lau geworden, ist es möglich, dass es mir fern vom Militärleben, ohne meine Uniform, nicht gelingt, der Kaserne zu entkommen? Wir tun so als ob wir die Verschlechterung unserer Beziehung nicht bemerken, mehr noch, wir planen meine definitive Rückkehr. Ein Jahr ist lang, und indessen ist meiner Frau versichert worden, dass ich eingeladen werde zu einem Probespiel, mit der Aussicht auf ein Engagement im Orchester von Genf.

Warum nicht Lausanne? Es gibt keinen freien Platz vor Ende 1963.

Soll ich es gestehen? Instinktiv ist mir die Perspektive unbehaglich, jeden Tag im selben Orchester mit meiner Frau zu arbeiten. eine

Berliner Militärkaserne gegen eine Lausanner Musikkaserne auszutauschen!

Der schöne Genfer See, das Fondue, die Raclettes, nichts hilft, leichten Herzens kehre ich nach Berlin zurück.

8. Kapitel

Günther führt mich einfach in seinen musikalischen Zirkel ein, er liebt das gute Berliner Bier, serviert in guter alter Tradition, er schleift mich beinahe überall durch ein Berlin, das mir unbekannt war. Der Kontrast ist frappierend, zwischen dem Aspekt eines noch zerstörten Berlins, das sich langsam von den Verwüstungen des Krieges erholt, und der Unbekümmertheit des jungen und zahlreichen Völkchens, das durch die Straßen strömt, Bars, Bistros und Jazzclubs erobert. Wir sind jedoch mitten im kalten Krieg, die russischen Flieger rasen im Tiefflug häufig über die Dächer der Häuser hinweg, der Lärm ist infernalisch, die Angst drückend;dennoch schieben sich die Studenten, Scharen von Studenten‘, fröhlich lärmend in voller Sorglosigkeit herum.

Berlin soll eine verführerische, attraktive, junge Stadt sein; die deutschen Studenten, die in

Westberlin studieren, sind vom Militärdienst befreit.

Auch das Kulturleben ist privilegiert: Theater, Museen werden großzügig subventioniert, die Orchester werden verhätschelt und ziehen die großen Solisten und die großen Dirigenten an.

Die Pralinenschachtel ´ Lausanne´ wird langweilig.

Die Kollegen von Günther sind herzlich, sie wissen, dass ich einer der ihren bin, mein junger Lebenslauf spricht zu diesem Thema Bände!

Sie sind neugierig, sie wollen selbst darüber urteilen, sie sehen mich niemals mit meinem Instrument, ich habe keinen Grund, es aus der Kaserne herauszunehmen, und vor allem könnte das Übersteigen der Kasernenmauer in seiner Begleitung schlecht ausgehen und mich in den Knast bringen (Tarif: zwei Wochen). Sie finden scheinheilig Vorwände, um mehr zu erfahren:

´Claude, ich habe gerade eine neue Bratsche gekauft. Was denkst du darüber? Möchtest du sie ausprobieren? ´

Oder auch: ´Ein Geigenbauer hat einen neuen Steg angebracht, findest du das Ergebnis gut? ´

Ich beteilige mich gerne an diesem Spiel, davon sind sie überzeugt.

´Warum bleibst du nicht in Berlin? Wir arbeiten unter den besten Bedingungen! ´

´Ich bin verheiratet, wir wohnen in Lausanne, ich habe Projekte in Genf. ´

Wenig solide Argumente in ihren Augen!

Dank Günther bin ich bei Opernvorstellungen, bei Orchesterproben anwesend, das Niveau ist beeindruckend!

Meine neuen Freunde, ganz stolz:

´Berlin ist das Paradies der Musiker. ´

´Günther! Du lädst mich immer und überallhin ein, die Biere, die Eisbeine etc., ich habe ein schlechtes Gewissen, aber was kann ich mit meinen Zigaretten und meinen 32 Centime am Tag machen? ´

Wir werden darüber noch sprechen, meine innere Stimme sagt mir, dass du in Berlin bleiben wirst! ´

9. Kapitel

April 1962, ich warte auf Günther am Ende eines Konzerts, er geht einer jungen Dame voraus, er dreht sich zu ihr um, dann zu mir. ´Diese Dame ist Englisch- und Französischlehrerin, sie möchte mit dir plaudern und so ihr Französisch verbessern. `

Ich kann mich nicht irren.

Das ist mein ENGEL.

Alle Engel sind in ihr vereint.

Der Engel aus der Kaserne in Rueil - Malmaison im September 1960. Der Engel vom 13. August 1961 und alle anderen kleineren, viel bescheidener in ihrer Mission. Da bin ich sicher.

Sie hat die zarte Größe von Engeln, die blonden Haare und Locken von Engeln, ein engelsgleiches

Gesicht. Engelsgleich sind die Augen, der Blick, das Lächeln.

Sogar vor der höflichen Hand, dem ´Erfreut, ihre Bekanntschaft zu machen, ich heiße Claude, wie geht es ihnen? ´, hätte ich sie am liebsten umarmt, gestreichelt und umschlungen.

Ihr Name, HILDEGUND, (meine Eltern werden sie später lieben), aber der Name Hildegund zu exotisch, zu schwer auszusprechen, mein Vater vereinfachte ihn zu CUNĒGONDE!).

Es gibt keine plumpen Annäherungsversuche wie ´Sie erinnern mich an jemanden, den ich sehr geliebt habe. ` oder ´Lieben sie Schubert? Das trifft sich gut, ich auch! ´

10. Kapitel

Seitdem engt mich die Kaserne noch stärker ein,
ich erwarte fiebernd die Ausgangsgenehmigungen,
um mich mit Hildegund zu treffen. Nach dem
Kreis von Günther der von Hildegund. Lehrer,
Ärzte, Forscher etc. Alle in den Dreißigern, schon
in ihren Berufen angekommen. Hildegund ist sechs
Jahre älter als ich; bis zu ihrem Abitur ungefähr
1950 lebt sie mit ihrer Mutter in Görlitz, sie setzt
ihre Studien in Ostberlin fort.

Die DDR brauchte Wirtschaftswissenschaftler, sie
lehnte das Wirtschaftsstudium ab. Sie bevorzugte
die Sprachen, sie verließ Ostberlin Richtung
Westberlin. 1952 war der Wechsel von einem
Sektor in den anderen überhaupt nicht gefährlich,
die U-Bahn mit einem Köfferchen zu nehmen
(klein, um keinen Argwohn zu erregen) reichte aus,
um frei zu sein. Ihre Mutter wird ihr später folgen.

11. Kapitel

Hildegund lebte mit ihrer Mutter in einem großen Haus, sie bewohnten zwei Zimmer, der Rest wurde von den Besitzern bewohnt, einem alten grummeligen Ehepaar, das das Zwitschern der Vögel, das Miauen der Katzen, das Weinen von Babies verabscheute, kurz alles, was eine in Bälde definitive Stille stören könnte. Manchmal traf ich sie, sie warfen wenig freundliche Blicke auf meine Uniform und meine freigelegten Ohren und den kahlrasierten Kopf.

Die Blicke von Hildegunds Mutter waren wohlwollend, aber ihre Nähe bremste unseren Elan. Einige von Hildegunds Freunden machten ihre Wohnung übers Wochenende frei und stellten sie uns zur Verfügung.

Jetzt war es immer Hildegund, die mich einlud; in diesen 18 Monaten Kaserne war mein Sold immer der gleiche, 32 Centime täglich und 2 Kartuschen Zigaretten alle 14 Tage.

Ich schämte mich. Sie hob einen ihrer Engelsfinger und antwortete vorausschauend: ´Man wird sehen.´

Wir sind im Mai-Juni 1962.

Günther und ich bei einem Bier, ich gestehe ihm: ´In einigen Monaten verlasse ich Berlin definitiv, ich kehre in die Schweiz zurück, glaub mir, ich habe dazu überhaupt keine Lust, und du weißt warum! ´

Zunächst zweifelnd erhellt sich sein Blick.

´In einer Woche findet ein Probespiel in der Oper statt, eine Bratschistenstelle ist frei, was hältst du davon? ´

´Aber Günther, erstens ist es mir formell untersagt, an einem Wettbewerb teilzunehmen, und zweitens ist das Risiko erwischt zu werden zu groß, die Kasernemauer am helllichten Tag mit dem Instrument zu übersteigen, und siehst du mich in Uniform in der Oper landen? Und falls es durch ein Wunder gutginge, stell dir die Konflikte mit

meiner Frau vor! ´ Günthers Blick wird wieder
zweifelnd.

`Willst du wirklich in Berlin bleiben? Ist das
sicher? ´

Mein Entschluss steht fest! Ich werde am
Wettbewerb teilnehmen. Mein Hauptmann, der mir
wann immer es möglich ist, sein Büro zur
Verfügung stellt, erlaubt mir fast tägliches Üben,
Tonleitern und Etuden, ich bin in Form; jedoch
kann der Mangel an Wettbewerben ein ernsthaftes
Hindernis sein.

`Günther, wenn du mich am Tag des Probespiel
nicht siehst, bin ich im Knast. ´

Wir formulieren mit Hildegunds Hilfe einen
Lebenslauf in deutscher Sprache.

Zum vorgesehenen Zeitpunkt bin ich in der Oper,
ich habe ohne Zwischenfall die Mauer überwinden
können.

Die Uniform und mein kahler Kopf machen mich unsicher. Beim Betreten des Vorspielraums erwarten mich zwei Überraschungen.

Das ganze Orchesterensemble ist anwesend und wird über das Resultat des Wettbewerbs entscheiden (in Frankreich sind die Jurys von einer kleinen Anzahl durch die Administration ausgewählter Personen zusammengesetzt, daher die ewigen Gerüchte über Manipulationen).

Die zweite Überraschung:

Die Heiterkeitsausbrüche, die mich empfangen:

Das Orchester war nicht auf eine so militärische Erscheinung gefasst.

Ich bin richtig wütend, dieses Mal ist es nicht die Lähmung durch die ´Schmiergeldzahlung´, es ist die Empörung des ´Ihr werdet schon sehen, was ihr davon habt. ´

Spontaner Beifall grüßt das Ende meiner Darbietung (diese Demonstration ist selten, denn eine Jury darf vor dem Ende eines Wettbewerbs nichts verlauten lassen). Einige Stunden Warten, dann endlich die einstimmige Entscheidung des Orchesters.

Ich nehme die Arbeit im Dezember 1962 auf. Ich drücke viele Hände, ich bekomme reichlich Lächeln und Komplimente. Günther ist ganz stolz, das ist auch ein wenig sein Erfolg. Ich habe es eilig, dieses Glück mit Hildegund zu teilen.

Epilog

Die Engel haben ihre Arbeit beendet, es scheint, dass ICH jetzt damit fertig werden muss.

Außerdem wissen Sie es, ich bin in guten Händen.

Ich möchte die Dinge klarstellen. Niemals habe ich Engelshände geschmiert, welche auch immer. Im Laufe der Jahre, entmutigt durch meine Irrungen, lassen sie mich beinahe fallen, aber sie machen das Minimum dessen, was man von gewissenhaften Engeln erwarten kann.

Gegen 1995 unterrichte ich in einer kleinen polnischen Stadt, die eine internationale Sommerakademie abhält.

Diese unbedeutende Stadt wird nur durch einen winzigen Punkt auf einem sehr genauen Plan von Polen dargestellt. Die Ankunft einer entzückenden, kleinen Japanerin in dieser abgelegenen Ecke ähnelt einem halben Wunder.

Ich befrage sie.

´Ich bin Bratscherin in einem Japanischen
Orchester, ich habe die Absicht, ein Jahr Urlaub zu
nehmen, nach Europa zu kommen, um mich zu
perfektionieren, ein geigenkundiger Dirigent hat
mir geraten, Sie zu kontaktieren, und diesen zehn
Tage dauernden Kurs in Polen will ich nutzen und
selbst urteilen. `

Unsere gemeinsame Arbeit, ihre Motivation, ihre
Aufnahmefähigkeit, bereiten mir viel Vergnügen.
Ich muss gestehen, sie anzuschauen, leicht ihre
Hände zu berühren, um gewisse Haltungen zu
korrigieren, ihr elegantes Spiel zu genießen: Ich
bin bezaubert.

Nach Abschluss der Sommerakademie kehrt sie
heim, ich weiß nicht, ob ich sie wiedersehen werde,
aber ich weiß schon jetzt: Sie fehlt mir!

Ein Jahr später lässt sie mich wissen, dass sie nach
Berlin kommen, ein Jahr bleiben und meinen
Kursen folgen werde. Es ist offensichtlich: Sie

wird angezogen von meinem Unterricht, nicht von mir.

Man muss mir glauben, ein Engel hat den Befehl erhalten, meine Interessen in die Hand zu nehmen, vermutlich ein Engel höheren Grades; weil die Sache delikat ist und viel auf dem Spiel steht, gebraucht er eine List gegenüber Misako, er beeinflusst sie. Er überzeugt sie, dass ich ein wenn auch nicht verführerisches, so doch wenigstens akzeptables Wesen bin: Er geleitet sie zu mir.

Der Aufenthalt von Misako in Berlin nähert sich dem Ende. Ich erkläre mich. Eine traditionelle Liebeserklärung?

Unmöglich ihr noch zögerliches Deutsch, meine vermutliche Ungeschicklichkeit gegenüber einer Persönlichkeit so verschieden von der meinigen, könnten alles zerstören. Ich erkläre mich durch eine einfache Zeichnung.

Alles klar, oder?

Eine Form von Glossar

Gesprächsauszug:

´Weil ich arm bin, bist du reich. `

Viele Jahre sind vergangen, meine musikalische
Karriere hat sich entfaltet, ich bin lange in Berlin
als Solist im Orchester der Deutschen Oper Berlin
und als Dozent an der Hochschule der Künste
geblieben.

Etwa ab dem Jahr 2000 haben mich Konzerte und
Lehrtätigkeit ungefähr ein Jahrzehnt in Japan
festgehalten, dann kehre ich nach Paris zurück, um
Dort bis zum endgültigen Ruhestand zu
unterrichten.

In all diesen Jahren glaubte ich, hoch über mir eine
unsichtbare Engelsaktivität wahrzunehmen, diskret
und milde trotz meiner Dummheiten, Irrtümer,
sogar Taktlosigkeiten.

Die Zickzacks meiner Karriere haben mir erlaubt,
mit einer großen Zahl von Dirigenten Umgang zu

haben, diese geheimnisvollen Wesen erregen die Neugier der Orchestermusiker.

Wie und warum wird man Dirigent?

Mit einem Instrument machen Musiker, Dirigenten eingeschlossen, ihre ersten Schritte, einige fügen noch zusätzliche Studien hinzu: Musikalische Analyse, Komposition und Dirigieren.

Solisten von Ruf wenden sich dem Dirigieren zu, um ihren Horizont zu erweitern. Solisten am Ende ihrer Karriere machen sich keine Illusionen mehr über ihr Instrument: sie spekulieren auf ´das Schweigen des Taktstocks`.

Man muss den Beginn des 20. Jahrhunderts abwarten bis den Dirigenten zum Star wird. Bis dahin beschränkte sich seine Rolle darauf, das Tempo zu bestimmen und den Takt zu schlagen.

Der erste Star, Hans von Bülow, verdankt sein Renommé seinen bemerkenswerten

Interpretationen von Wagner, welcher ihm dankte, indem er ihm seine Frau wegnahm.

A priori erweist der Musiker dem Dirigenten wenig Sympathie:

Von einem Beinahe Kollegen kommandiert zu werden, sich unter seinen häufig wenig überzeugenden Befehlen zu bücken, das gewährt dem Taktstock eine erniedrigende Macht.

Legenden und Anderes

Die´ ganz großen Dirigenten`

Diese Bezeichnung kann nur an einen Bewerber gegeben werden, der nicht ein fixiertes, aber bewährtes Reifealter erreicht: Achtzig Jahre.

Das ist die Geburt einer Legende.

Die ´Ganz Großen` sind Minivampire, die echten Vampire ernähren sich vom Blut ihrer Opfer, was ihnen eine übermenschliche Kraft und eine Quasi - Unsterblichkeit verleiht, jedoch die Minivampire ernähren sich vom Schweiß der Orchestermusiker, der Einfluss auf die Lebensdauer ist begrenzt und null für die physischen und intellektuellen Fähigkeiten, im Lauf der Jahre reduzieren sich die Gesten dieser Minivampire auf das unbedingt Notwendige, sie sind häufig unleserlich.

Das Repertoire dieser´ Ganz Großen` konzentriert sich auf die Romantiker: Bruckner, Brahms, einige Wagner (Parsifal, Tristan und Isolde).

Der schwach gewordene Taktstock dieser ´Ganz Großen` bringt manchmal erstaunliche Resultate hervor, die Musiker drücken sich frei und ohne Zwang aus, die reinen Melomanen sehen darin die totale Einheit ´Werk-Orchester`. Leider kann dieser schwächelnde Taktstock Grund für Ausrutscher sein, das Orchester rettet die Lage. Im Falle von unüberhörbaren Ausrutschern ergreift der Zuhörer (er kommt nur ins Konzert, um den ´Ganz Großen` zu genießen) bedingungslos Partei für sein Idol, verunglimpft vehement das Orchester; die Kritiker werden schreiben: ein schlecht disponiertes Orchester, unfähig, den genialen Absichten des ´Ganz Großen` zu folgen.

Die nicht Achtzigjährigen, große oder andere, hängen von einer klaren Technik ab, um die Werke des 20. Jahrhunderts oder zeitgenössische zu dirigieren, und von einem reagierenden Taktstock, der nötig ist, um subtile Rhythmen und ständige Tempowechsel zu meistern.

Das lyrische Repertoire (besonders das italienische) fordert vom Chef eine nie nachlassende Aufmerksamkeit.

Die rhythmischen Kapricen der Primadonna enden in schönen Divergenzen,

die Zusammenarbeit Bühne-Orchester ist in großer Gefahr, die Dirigenten und Musiker wahren das Gesicht; wenn es ihnen nicht gelingt, werden sie ausgepfiffen und verunglimpft; im Gegensatz zum symphonischen Publikum schützt das lyrische

Publikum seine Stimmidole, seine göttlichen Stimmen.

Jean–Jacques Sempé (2009). « L'ORQUESTRA » [dessin], dans
http://ferranbardolet.blogspot.com/2009/06/lorquestra-sempe.html

Die Macht der Dirigenten

Typ ´ Sympathisch`

Er ist herzlich, geduldig, klar in seinem Konzept
und in seinem Dirigat;
selbst wenn er nicht alle Orchestermitglieder
überzeugt, wird er gut aufgenommen.

Typ ´ Verachtend`

Die Herablassung wird in seiner ganzen Haltung
sichtbar, er ist entmutigend für alle Musiker, die
sich dann in die Passivität flüchten. Diese
Verachtung versteckt in Wahrheit die Angst des
Dirigenten vor einem Orchester.
Ein Dirigent gestand mir unter dem Einfluss von
einigen Gläsern Wein: ´In der Probe fühle ich mich
wie ein Dompteur im Käfig, seinen wilden Tieren
ausgeliefert. ` Gottseidank, der Taktstock beißt
nicht!

Der Typ ´Kapellmeister`

Die deutsch-romantische Tradition, die Technik
des Taktstocks ist nebensächlich, diese Dirigenten
brauen die Musik, unterstreichen die großen Linien
durch ihre Gesten, umarmen Werke und Musiker.

Typ ´Unsichtbar`

Nach einem Konzert, Gespräch von zwei Musikern.
´Was hältst von dem heutigen Dirigenten ? `
´Hat nicht gestört! `
Man kann diesen Kommentar als Kompliment
auffassen.

Typ ´Diktator`

In den letzten 30 Jahren haben neue Arbeitsgesetze
den Eifer der Diktatoren gemäßigt; früher war es
nicht selten, dass einer von denen während einer
Probe mit dem drohenden Zeigefinger auf einen
Musiker der Tutti weist (Musiker, diskret im
Schutz ihrer Gruppe) und ihn zwingt, seine Partitur

alleine vor den Kollegen zu spielen. Diese Quälerei wird nicht mehr toleriert.

Und trotzdem enthüllt 2018 die Berliner Presse Divergenzen (Missetaten?) zwischen einem Orchester und seinem berühmten Chef.

Der ´aufgeklärte` Typ

So beginnt er seine Probe: ´Meine Herren, ich kenne dieses Werk, Sie kennen es auch, also, bis morgen! ´ Er erzeugt Bewunderung bei uns, wir lieben ihn.

Ich will mich bezüglich ´Herren` erklären. Vor den 80er Jahren widersetzten sich nur die großen Berliner und Wiener Orchester dem Eindringen der ´ Frau` in ihre Orchester. Sie kriegen Kinder, sind immer abwesend und säen Zwietracht unter uns Kerlen.

Im Jahr 1982 wird zum ersten Mal eine Frau in den Rängen der Philharmonie Berlin engagiert.

Revolten und Rebellionen

´Wenn Sie in diesem Ton weitermachen, spielen wir wie Sie dirigieren! ´ Eine Drohung, die mit leiser Stimme ausgesprochen, aber niemals realisiert wurde. Ein Orchestermusiker hat kein Interesse daran, sich ins Knie zu schießen. Ich habe es schon angedeutet, der Taktstock ist nicht hörbar; und außerdem wird der Orchestermusiker von der Öffentlichkeit und der Kritik verurteilt. Jedoch ist mir die Geschichte einer Revolte begegnet, ich erzähle sie Ihnen.

Einige Minuten vor dem Konzertbeginn kann man auf der Bühne eine gewisse Bewegung spüren: die einlaufenden Musiker wenden sich ihren Sitzen und Pulten zu , die Streicher greifen diskret die delikaten Stellen , die Blas- und Blechinstrumente wärmen ihre Instrumente, nur der Sitz des Konzertmeisters bleibt unbesetzt, er betritt die Bühne, geht zu seinem Platz, bleibt aufrecht stehen und deutet mit einem Finger auf den Oboisten, der das ´A` gibt, alle sitzen, warten in absolutem Schweigen auf den Dirigenten (ein Chef muss auf sich warten lassen).

An jenem Tag betritt ein junger ´Ganz Großer` (Anfang achtzig) die Bühne, trippelt, um zu zeigen, dass er gute Füße und gute Augen hat, auf sein Podest zu, begrüßt das Orchester, wendet sein Gesicht dem Publikum zu, um ihm für seinen Applaus zu danken; als er also den Musikern den Rücken zuwendet, beginnen diese nach dem Zeichen des Konzertmeisters das angekündigte Programm zu spielen.

Viel häufiger sind die Revolten, die als Schauplatz die Oper oder lyrische Szenen haben: niemals von den Dirigenten oder Orchestern provoziert, sondern durch die Angestellten, die hinter den Vorhängen, in den Kulissen arbeiten, das sind die Personen, die am meisten unter den Launen und Kapricen der Primadonnen leiden. Hier ist die Erzählung einer dieser Revolten. In den traditionellen Inszenierungen der ´Tosca` von Puccini stürzt sich die Heldin, La Tosca, aus den Höhen des San-Angelo-Schlosses: sie wird ungefähr einen Meter tiefer von einem Sprungtuch aufgefangen, das von Bühnenarbeitern aufgespannt und gehalten wird; an jenem Tag, rachedurstig, anstatt sie sanft auf den Boden zu legen, spannen sie das Sprungtuch heftig wieder an und schicken die Dame dahin wo sie herkommt, und das wiederholt vor einem enthusiastisch lachenden Publikum.

Aberglauben

Die Oper ´Macht des Schicksals` von Verdi besitzt eine lange Liste von Verflachungen. Während einer Vorstellung dieses Werks stach sich der Dirigent den Taktstock ins Auge; beim Anblick des blutenden Auges, auf einer Wange des Dirigenten hängend, verlor ein Geiger das Bewusstsein.

Ich erzähle diesen Unfall einem anderen Dirigenten.

´Diese Oper ist seit ihrer Entstehung im Jahr 1862 verflucht, wir wagen es nicht, ihren Namen auszusprechen, wir nennen sie ´die gewisse Oper`. Der gleiche Unfall wiederholte sich während der Vorstellung einer Mozartoper: Das Ungeschick des Dirigenten, eines ´Ganz Großen`, und nicht ein Fluch, war die Ursache. Nach dem Abtransport des Opfers beschlossen Orchester und Bühne, die Vorstellung fortzusetzen und das mit großem Erfolg.

Verärgert durch diese Majestätsbeleidigung schickte dieser ´Ganz Große` einen Brief an das Orchester: ´Sie werden nie wieder das Privileg haben, unter meiner Leitung zu spielen. ` Übersetzung des Orchesters: Wir werden nie wieder die Verpflichtung haben, unter ihrer Leitung zu spielen!

Ich muss Euch verlassen, ich muss mein letztes Probespiel vorbereiten: Eintritt in das Paradies Orchester (auch das Paradies braucht eine gute Musik).

Die Existenz dieses Orchesters ist mir bestätigt worden; mehr noch, ich habe einige Auskünfte erhalten können.

Der Konzertmeister ist kein anderer als Nicolo Paganini; die Atmosphäre innerhalb dieses Orchesters ist friedlich, dort sind die Musiker bis in die Ewigkeit engagiert, sie neigen wenig zu Konflikten und Intrigen.

Der Dirigent, der liebe Gott persönlich, ist auch friedlich und väterlich, er hat jedoch eine Manie: er hält sich für HERBERT VON KARAJAN.

Danksagung

Mein besonderer Dank gilt Carola Erdrich und Hildegund Lelong für ihre einfühlsame und kompetente Unterstützung bei der Übertragung meiner Aufzeichnungen ‚Ah, qu'il est beau ce mur' ins Deutsche. Sie halfen mir, gelegentliche sprachliche Unsicherheiten zu klären und diese Fassung zu schaffen.